Marie-Francine Hébert

Un dragon dans les pattes

Illustrations
de Philippe Germain

W9-AVS-155

la courte échelle
Les éditions de la courte échelle inc.

Les éditions de la courte échelle inc.
5243, boul. Saint-Laurent
Montréal (Québec) H2T 1S4

Conception graphique:
Derome design inc.

Révision des textes:
Pierre Phaneuf

Dépôt légal, 3e trimestre 1997
Bibliothèque nationale du Québec

La courte échelle est inscrite au programme de subvention globale du
Conseil des Arts du Canada et bénéficie de l'appui de la SODEC.

Données de catalogage avant publication (Canada)

Hébert, Marie-Francine

   Un dragon dans les pattes

   (Premier Roman; PR60)

   ISBN: 2-89021-296-3

   I. Germain, Philippe   II. Titre.   III. Collection.

PS8565.E2D72 1997   jC843'.54   C97-940087-2
PS9565.E2D72 1997
PZ23.H42Dr 1997

Marie-Francine Hébert

Marie-Francine Hébert ne peut pas se passer d'écrire pour les enfants. Parce que, comme eux, elle aime les becs, les folies, l'exercice physique, les petits oiseaux, les questions, les histoires à dormir debout, la crème glacée et qu'elle a encore bien des choses à apprendre, comme ne plus avoir peur dans le noir. Depuis une quinzaine d'années, elle partage son temps entre la télévision, le théâtre (*Oui ou non*, entre autres) et la littérature.

Pour les best-sellers *Venir au monde* et *Vive mon corps!*, traduits en plusieurs langues, elle a reçu de nombreux prix, dont des prix d'excellence de l'Association des consommateurs du Québec et le prix Alvine-Bélisle. Certains romans de la série Méli Mélo ont été traduits en anglais, en espagnol et en grec. Marie-Francine a remporté le prix des Clubs de la Livromagie 1990 pour *Un monstre dans les céréales* et le prix des Clubs de la Livromanie 1992 et 1993 pour *Je t'aime, je te hais...* et *Sauve qui peut l'amour*. En 1994, elle a reçu la médaille de la Culture française de l'Association de la Renaissance française, et le prix interculturel Montréal en harmonie pour *Un crocodile dans la baignoire*. *Un dragon dans les pattes* est le douzième roman qu'elle publie à la courte échelle.

Philippe Germain

À dix ans, Philippe Germain adorait sculpter, peindre et étendre de la couleur. Il fait maintenant, entre autres choses, des illustrations de manuels scolaires et de livres pour les jeunes. Dans un style efficace et dynamique, il pose sur la réalité un regard coloré, spontané et plein d'humour. Quand il ne dessine pas, il prend un plaisir fou à récupérer, à démonter et à retaper les juke-box et autres objets des années cinquante, qu'il collectionne. *Un dragon dans les pattes* est le neuvième roman qu'il illustre à la courte échelle.

De la même auteure, à la courte échelle

Collection livres-jeux

Venir au monde
Vive mon corps!

Collection albums

Série Le goût de savoir:
Le voyage de la vie
Venir au monde
Vive mon corps!
Série Il était une fois:
La petite fille qui détestait l'heure du dodo

Collection Premier Roman

Série Méli Mélo:
Un monstre dans les céréales
Un blouson dans la peau
Une tempête dans un verre d'eau
Une sorcière dans la soupe
Un fantôme dans le miroir
Un crocodile dans la baignoire
Une maison dans la baleine
Un oiseau dans la tête

Collection Roman+

Le coeur en bataille
Je t'aime, je te hais...
Sauve qui peut l'amour

Marie-Francine Hébert

Un dragon dans les pattes

Illustrations
de Philippe Germain

la courte échelle

1
Je ne sais pas quoi faire...
Je n'ai rien à faire...

«Je ne sais pas quoi faire... Je n'ai rien à faire...»

Tous mes amis sont partis. Je tourne en rond dans la maison.

Ma mère est sur la véranda, plongée dans un livre. As-tu déjà essayé de parler à quelqu'un qui nage sous l'eau? Eh bien! c'est pareil avec ma mère quand elle lit.

Mon père, lui, plane dans sa

chambre, sur la musique de son disque de relaxation. Son corps est étendu par terre, mais on dirait qu'il n'y a personne dedans.

Quant à mon petit frère Mimi, il est devant la télé. Son pouf, à un mètre de l'appareil. Il regarde pour la centième fois le film vidéo: *La guerre du dragon.* S'il le pouvait, il traverserait l'écran et irait se battre contre lui. En tout cas!

Je déteste ce genre de films. Tu sais, le genre dans lequel les garçons sont des héros et les filles des zéros. Ce sont toujours elles qui se mettent dans le pétrin. Toujours eux qui n'hésitent pas à affronter mille dangers pour les secourir.

En plus, l'héroïne – je devrais dire la «zéro-ïne» – n'est même

pas belle. Si tu voyais sa robe! On dirait les rideaux de notre salon.

Quant au dragon, il est affreux, bien sûr. Le dos en dents de scie, des ailes démesurées, des serres au bout des pattes.

Avec cela, il pue, dit-on. Tu sais quelle odeur me vient à l'esprit? Celle des pieds de mon petit frère Mimi quand il oublie de changer de chaussettes. En tout cas!

Si tu l'entendais parler, si on peut appeler ça parler! Sa voix résonne comme dans une boîte de conserve. À tout moment, il s'écrie: «Ma loi, c'est la loi! Juré, craché!»

Il crache, en effet, du feu, comme tous les dragons de toutes les histoires. Surtout à l'heure des repas, n'hésitant pas à transformer en barbecue le premier humain venu.

Évidemment, personne n'ose l'affronter, sauf le chevalier Sanspeur, accompagné de son fils, Sansreproche. Tous deux revêtus de leur fameuse armure pare-flammes.

Et pendant que Sansreproche apprend à combattre les dragons, que fait sa soeur, Sansdéfense? Elle tourne en rond dans le château. Pour apprendre à attendre, je suppose?

Ce n'est pas ce que m'enseigne ma mère, je t'assure. Ni mon père, heureusement! Il faut dire que la mère de Sansdéfense est morte depuis longtemps. En tout cas!

Ce qui devait arriver arrive.

Un jour, le monstre profite de l'absence du père et du fils pour enlever la fille. Il l'attache à un arbre, se la réservant pour son repas du soir.

Sansdéfense passe maintenant son temps à pleurer, en espérant que son père vienne la délivrer. Ce que Sanspeur tente de faire, en compagnie de son fils Sansreproche. Mais le dragon monte la garde.

Me trouvant dans le couloir, près du salon, je prête l'oreille. Si je comprends bien, la bataille est sur le point d'éclater. Car voilà le chevalier qui s'écrie, à bout de patience:

— Sale bête! Je vais te régler ton compte une fois pour toutes.

Le dragon riposte avec toute l'arrogance dont il est capable:

— Essaie donc un peu, petite tête! RRRROUAH!

Furieux, les deux ennemis se ruent l'un sur l'autre.

Comme si la bande sonore du film n'était pas assez bruyante, mon frère y va de ses:

— Pif! Pof! Bounnnggg! Patafff!

Il peste contre l'animal, en même temps que Sansreproche:

— Lâche-le, sale bête!

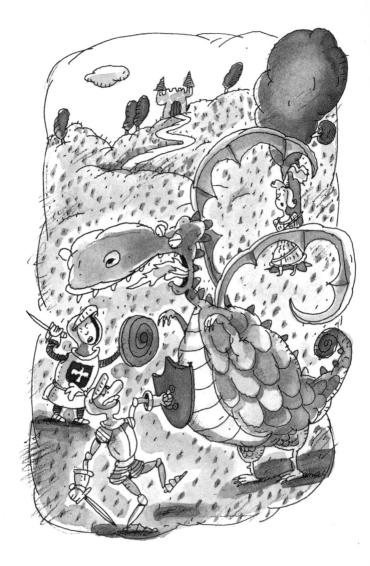

Il en rajoute même, brandissant son épée de caoutchouc:

— Sale bête! Sale bête! Lâche-le, méchant dragon!

Plus bébé que ça, tu es encore dans le ventre de ta mère. En tout cas!

C'est alors que mon frère lance un cri de mort:

— Au secours!!!

Cela n'a rien à voir avec le film, il me semble...

Le cri est aussitôt suivi d'un grand béding-bédang! Et j'entends un nouvel appel mais, étrangement, la voix de Mimi est étouffée, lointaine:

— Au secours, Méli...

J'entre en trombe dans le salon. Nulle trace de lui! Tout ce que j'aperçois, c'est un tas de ferraille au pied du téléviseur.

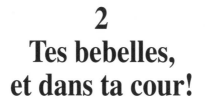

2
Tes bebelles,
et dans ta cour!

Mon frère ne peut pas s'être volatilisé! S'il était sorti du salon, je l'aurais vu passer.

— Mimi? Tu dois bien te trouver quelque part...

Le tas de ferraille remue, et je vois apparaître la pointe d'une épée jouet. Je n'ai qu'à remonter jusqu'à la poignée pour découvrir mon frère.

Il est prisonnier, coincé dans

les pièces entremêlées de son armure improvisée. Des restes de tuyau de sécheuse pour les bras et les jambes. De l'isolant en papier d'aluminium, retenu aux épaules par du ruban adhésif, en guise de cuirasse. Un couvercle de poubelle en métal comme bouclier.

Je l'aide à se relever. Puis, je dégage son visage de la passoire qui lui sert de casque. Une portion de nouilles froides et figées, voilà de quoi il a l'air.

— Mimi, veux-tu bien me dire ce qui t'est arrivé?

Il jette un regard affolé vers l'écran et il m'entraîne derrière le canapé:

— C'est le dragon... Il s'est fâché contre moi... Il a sorti une patte... J'ai reculé pour l'éviter...

et je me suis enfargé sur le pouf.

— C'est impossible! Il ne peut pas sortir de la télé.

— Même la patte?

— Même la patte! Ce sont sûrement tes yeux ou ton imagination qui t'ont joué un tour.

Moi qui pensais que mon frère comprenait la différence entre la vraie vie et le cinéma!

Je lui explique que les personnages de ce vidéo ont été inventés par des scénaristes. Des comédiens les ont ensuite interprétés, sauf pour le dragon qui est une grosse marionnette. Et une équipe de tournage les a filmés.

En plus, les dragons n'ont jamais existé; les chevaliers oui, pas les dragons. Ce sont des êtres fabuleux, imaginaires.

— Il n'y a que les bébés-lala qui y croient, Mimi!

Finalement, je lui dis en blague:

— Si jamais il sort de la télévision, ne t'inquiète pas, il aura affaire à moi!

— Tu ne pourras rien faire, Méli Mélo. Parce que tu es une fille. La preuve? Lorsque Sansdéfense l'a vu entrer dans le château, elle s'est figée. Elle a eu tellement peur, qu'elle est devenue molle, molle, comme une poupée.

Ce ne sont pas des flammes qui sortent de ma bouche, mais presque:

— Eh bien! moi, j'aurais résisté, je me serais débattue, tu sauras! Je ne me serais pas gênée pour lui dire, au dragon: «Tes bebelles, et dans ta cour!» Il y a une différence entre Sans-défense et moi, Mimi Mélo!

— Oui! Toi, tu as mauvais caractère! Il faut toujours que tu fasses à ta tête, que tu aies le dernier mot.

— C'est très utile pour se défendre, tu sauras!

— Je n'avais pas pensé à ça...

Il n'est pas rassuré à cent pour cent. Alors, il glisse sa menotte dans la mienne et m'invite à regarder le film avec lui.

Je n'ai rien d'autre à faire. Et j'aime parfois jouer à la grande sœur protectrice. J'ai bien dit «parfois».

On s'installe sur le canapé. Mimi se fait tout petit à mes côtés. Son épée serrée contre

lui, il suit attentivement le déroulement de l'histoire. Moi, plutôt distraitement.

Jusqu'au moment où, désarmé, le chevalier est à la merci du dragon. Mon frère me demande alors, tout bas à l'oreille:

— Tu es certaine qu'il ne peut pas sortir de la télé?

— Juré, craché. De toute manière, il est trop occupé à se battre contre Sanspeur. Il n'a pas le temps de s'intéresser à un petit tas de ferraille comme toi.

Mimi se précipite vers l'écran sans avoir entendu la fin de ma phrase. Heureusement, car cela aurait fait tout un drame. En tout cas!

Sansreproche va bientôt crier à son père qu'il se lance lui aussi dans la bataille. Plus rapide,

Mimi prononce sa réplique avant lui:

— Courage! Je viens à ta rescousse!

Il me semble alors entendre le dragon s'exclamer à l'intention de mon frère: «Tes bebelles, et dans ta cour!» J'ai sûrement mal compris.

J'observe l'animal avec plus d'attention, à tout hasard. Il dévisage Mimi, on dirait. Ses yeux de glace font contraste avec sa bouche fumante:

— Si je n'étais pas occupé à me battre contre Sanspeur, tu aurais affaire à moi!

Je ne me rappelle pas avoir entendu le dragon dire cette réplique-là! Mon frère non plus. Il avale sa salive:

— Je ne suis pas fou...

— Il y a sûrement une explication, Mimi.

Je prends la télécommande

avec l'intention de rembobiner le film et de revoir ce passage. J'appuie sur «pause»... Erreur, grave erreur!

3
Les griffes
de la télévision

Normalement, quand on appuie sur la touche «pause» de la télécommande, le film s'arrête. Plus rien ni personne ne bouge. Normalement.

Cette fois, tous s'immobilisent: Sansdéfense attachée à son arbre, Sanspeur par terre et Sansreproche en plein élan. Tous, sauf le dragon, qui apostrophe Mimi:

— Je vais enfin pouvoir m'occuper de toi!

Il commence par se moquer de lui en imitant ses «Pif! Pof! Bounnnggg! Patafff!»

Je n'en crois pas mes yeux ni mes oreilles. Mon frère encore moins:

— Qui ça? Moi?

— Oui, oui, toi, le petit tas de ferraille!

— Je ne suis pas un petit tas de ferraille, bon! Tu peux toujours parler! Tu n'es qu'une grosse marionnette!

Mimi le traite de «grosse marionnette» comme s'il s'agissait de la pire insulte.

L'autre ne le prend pas comme un compliment, en effet. Même s'il ignore probablement le sens du mot «marionnette». Il lui répond sur le même ton:

— Petite tête! Petite tête!

— Sale bête! Sale bête!

Mon frère et le dragon se crient des noms d'un bord à l'autre de l'écran! Je n'en reviens pas! Chose certaine, c'est devenu trop compliqué pour moi.

Dans le temps de le dire, je me retrouve auprès de ma mère:

— Maman! maman!

Je dois lui secouer l'épaule pour attirer son attention. Elle finit par me répondre sans même lever les yeux:

— Ça ne peut pas attendre, Méli?... C'est le passage le plus palpitant de l'histoire... Le meurtrier rôde autour de la maison de sa victime... Celle-ci a justement oublié de verrouiller la porte arrière...

Le nez toujours dans son livre, ma mère va s'assurer que notre porte est verrouillée. En tout cas!

— Je t'en prie, maman! C'est important!

Elle lève la tête à contre-coeur. Si tu la voyais frétiller.

On dirait un poisson hors de l'eau.

— Hum! Qu'est-ce qu'il y a encore?

J'essaie de lui expliquer... l'inexplicable. Maman présume que Mimi et moi ne nous entendons pas sur le choix d'une émission.

— Ou vous réglez calmement le problème entre vous, ou vous fermez la télé! Sinon, c'est moi qui m'en chargerai!

Papa! Il me reste mon père. Mais je serai tout aussi incapable de lui expliquer le problème.

J'aurai finalement droit au sermon habituel. «Vous regardez trop la télé.» Et patati et patata. Ils n'ont que ces mots-là à la bouche, les parents. Tu ne crois pas?

J'ai trouvé! Pourquoi n'y ai-je pas songé plus tôt? Pour une fois qu'ils ont raison – bien malgré eux! Il suffit de fermer l'appareil pour lui clouer le bec, au dragon.

Quand je reviens dans le salon, il est en train de traiter Mimi de «bébé-lala». Or, s'il y a une chose que mon frère supporte mal, c'est celle-là. Aussi pointe-t-il son jouet en direction de la gorge de la bête.

Le temps de repérer la télécommande, j'entends Mimi crier à fendre l'âme:

— Rends-la-moi, espèce de voleur!

L'animal a saisi le bout de l'épée dans ses serres, figure-toi! Et il tente de la lui arracher des mains.

Mon frère a beau la tenir de toutes ses forces, il n'est pas de taille. Rapidement, le dragon parvient à la tirer entièrement vers lui, de son côté de l'écran.

Crois-le ou non, Mimi, qui s'y cramponne, est entraîné à sa suite dans la télévision.

4
Pouah!

C'est impossible, tu me diras, Mimi ne peut pas être passé à travers l'écran. Comme l'a déjà dit un autre personnage de film: «Ce n'est pas parce que ça paraît impossible que ça l'est.»

Chose certaine, je le vois tout pâle et en larmes, aux pieds du dragon:

— Je veux m'en aller chez nous. Bouhouhouhou...

L'horrible bête le contemple du haut de sa grandeur. Une grimace de plaisir se dessine sur son visage:

— Toi, je vais te régler ton compte une fois pour toutes! Miam-miam!

Un poulet que l'on s'apprête à mettre au four, voilà de quoi Mimi a l'air. Je ne peux pas l'abandonner ainsi. C'est mon petit frère, après tout!

Appeler mes parents? Le risque est trop grand qu'ils accourent et ferment la télé sans écouter mes explications. Ils ne les croiraient pas, de toute manière.

Comment retrouverait-on Mimi par la suite? Il est quelque part, en compagnie du dragon, qui n'est plus dans le film. S'il l'était, il serait immobile comme les autres personnages. En tout cas!

Engueuler le monstre? Dans les circonstances, cela ne me paraît pas très indiqué. Vite une idée, avant qu'il transforme mon frère en barbecue!

Je l'ai! Je décroche en vitesse les rideaux du salon et je m'enroule dedans. Ainsi vêtue, je m'approche du téléviseur:

— Coucou, dragon!

Il sursaute et tourne la tête dans ma direction:

— Qui ça? Moi?

— Devine qui est là? Sniff! Sniff!

Je n'ai aucun mal à imiter la voix gnangnan de Sansdéfense. Encore moins ses larmes.

Le dragon bafouille, incrédule:

— Sansdéfense?... La fille du... chevalier!?

Il jette un coup d'oeil derrière lui. Et que voit-il? La vraie Sansdéfense, toujours ligotée à son arbre.

Il nous regarde alternativement l'une l'autre, en se frottant les paupières du revers de la patte:

— Je ne suis pas fou... Ce sont sûrement mes yeux ou mon imagination qui me jouent des tours...

— Sansdéfense et moi, ça fait deux, tu sauras!

— Deux!?

— Essaie donc un peu de comprendre ça!

C'est exactement ce que le dragon, piqué au vif, tente de faire. Occupé à se creuser la

tête, il en oublie momentané-
ment mon frère. J'en profite
pour lui chuchoter:

— Sauve-toi, Mimi!

Ses yeux partent dans toutes les directions, ne sachant trop laquelle prendre.

— Tu n'as qu'à sortir par où tu es entré. Refais le chemin en sens inverse.

Après une hésitation, il cherche une issue à tâtons devant lui. Je lui tends la main. Il finit par la saisir, et je l'entraîne de ce côté-ci de l'écran.

Sans perdre un instant, je me jette sur la télécommande pour éteindre l'appareil. J'entends alors Mimi murmurer dans un souffle:

— J'ai oublié mon épée!

Le voilà qui replonge dans la télévision. J'ai à peine le temps de l'attraper par les chevilles:

— N'y retourne pas! C'est très dangereux!

Trop tard, ses pieds me glissent des mains!

Mon frère s'empresse de récupérer son jouet, que la bête, éberluée, avait laissé tomber. Il ressort de la télé aussi vite que possible. Mais pas assez!

Pas assez pour passer inaperçu. Le dragon part aussitôt à la poursuite de Mimi en s'écriant:

— MON épée!

Bientôt, une odeur repoussante envahit la pièce. Pouah! Tu devines sans doute pourquoi.

5
Ma loi, c'est la loi!

Aussi invraisemblable que cela puisse paraître, le dragon vient d'atterrir dans notre salon.

Pas moyen d'en douter avec la puanteur qui se répand dans la pièce. Bel et bien une odeur de pieds sales, j'avais vu juste.

Mimi tente de fuir en courant vers le couloir. Déployant l'une de ses ailes géantes, la bête lui barre le passage. Moi, je tremble comme du jello, derrière le canapé où je me suis réfugiée.

Des larmes de terreur roulent sur les joues de mon frère. En désespoir de cause, il lui offre son épée. Le jouet auquel il tient tant, dont il ne se sépare jamais, même pour dormir!

— Tiens, prends-la... Je te la donne, finalement. Tu peux t'en aller chez vous, maintenant.

L'autre l'accepte, sans dire merci. L'égoïste! Pressé d'éclaircir le mystère de la deuxième Sansdéfense, il parcourt la pièce de ses yeux exorbités:

— Tu dois bien te trouver quelque part... Coucou, Sansdéfense...

C'est le moment que Mimi choisit pour m'engueuler, dévoilant ainsi ma cachette:

— Je le savais bien qu'il exis-
tait pour de vrai. Que ce n'était
pas une grosse marionnette! Tu

ne veux jamais me croire, Méli Mélo!

J'ai beau lui faire signe de se taire, il continue de plus belle:

— Tu passes ton temps à me dire quoi faire. Alors que tu ne sais rien du tout. Par ta faute, je n'ai plus d'épée. Et le dragon va me manger... et ce sera bien fait pour toi.

Je me débarrasse du rideau en vitesse, laisse-moi te le dire. Le monstre, qui n'est pas une cent watts, ne se rend pas compte de la manoeuvre.

Je dois t'avouer que je me sens aussi molle qu'une poupée. Cela ne m'empêche pas de regarder la bête droit dans les yeux.

D'une voix qui se veut assurée, je lance la première chose

qui me vient à l'esprit:

— Inutile de chercher «la deuxième» Sansdéfense! Euh!... elle a disparu: pfuitt! De toute manière, elle était fausse.

Content de tenir enfin une explication, le dragon fait:

— Ah! Ah!

Une de perdue, une de retrouvée, semble-t-il se dire en me dévorant des yeux. Si je ne réagis pas, je ne ferai pas de vieux os.

À moins que... Ayant toujours la télécommande en main, je la pointe aussitôt en direction de l'écran:

— C'est même moi qui... l'ai fait disparaître. Et si tu ne rends pas son épée à Mimi, la vraie Sansdéfense subira le même sort!

Une lueur d'espoir s'allume dans l'oeil de mon frère. Pour

s'éteindre aussitôt. Car, gardant obstinément l'épée derrière son dos, la bête s'écrie:

— Ma loi, c'est la loi! Juré, craché!

Non! Non! Il va lancer sa flamme. C'en est fait de nous. Il ouvre la gueule pour cracher, mais rien n'en sort... Imagine notre soulagement. La surprise du dragon est plus grande encore:

— Il y a sûrement une... une explication?!

Il essaie à nouveau. Pas l'ombre d'une étincelle! Il fait un de ces airs! Comme s'il venait de s'apercevoir dans le miroir et ne se reconnaissait plus.

Bien sûr! J'aurais dû y penser! À moi de jouer maintenant:

— Arrête ton cinéma! Tu n'es

pas dans un film, mais dans la vraie vie. Ici, ma loi, c'est la loi!

Mon frère ne peut s'empêcher d'ajouter son fion:

— ... notre loi, Méli Mélo...

— D'accord, Mimi! Alors, dragon, tu ne veux pas entendre raison? Regarde bien la vraie fille du chevalier, car bientôt tu ne la verras plus. Pfuitt!

J'appuie sur «stop», et le film fait place à un reportage sur la course automobile: «Vroum! Vroum!»

Le monstre reste là, la gueule béante, les yeux en trous de beigne. C'est non seulement Sansdéfense qu'il ne voit plus sur l'écran, mais son univers.

Tout cela grâce au petit appareil que j'ai dans la main. Une arme redoutable, magique, que mon ennemi convoite. Je le vois dans son regard.

Il tente alors de m'effrayer en faisant claquer les espèces d'étaux qu'il a aux pattes! Du même coup, il laisse échapper l'épée de Mimi. C'est toujours ça de gagné!

— Tu ne me fais pas peur, dragon! Si tu n'arrêtes pas immédiatement tes simagrées, c'est toi que je fais disparaître!

Les bras lui en tombent. Il bafouille:

— Je... ne comprends pas! La fille du chevalier a eu tellement peur... qu'elle s'est figée...

— On n'a plus les filles qu'on avait, il faut croire!

À bout de moyens et d'arguments, le monstre s'écroule:

— Bouhouhouhou...

Heureusement, car j'aurais été incapable de mettre ma menace à exécution, bien sûr.

Mon frère en profite pour reprendre possession de son épée, qu'il dissimule derrière son dos. Puis, il lui dit:

— Console-toi, dragon, au

cinéma, tu es le plus fort.

— C'est vrai ça! Je veux m'en aller chez nous! Bouhouhouhou!...

Bonne idée! Je n'ai qu'à remettre le téléviseur en mode vidéo. L'image sur laquelle le magnétoscope s'est arrêté réapparaîtra. La bête pourra réintégrer le film. Et on sera bien débarrassés.

— C'est facile, je n'ai qu'à...

Mon frère m'interrompt:

— Tu peux retourner chez toi, dragon, mais à une condition.

Qu'est-ce qu'il lui prend? Des plans pour tout faire rater!

6
Promesse de dragon

Mimi fait jurer au dragon d'être gentil, figure-toi. De libérer Sansdéfense, bien sûr. Et surtout:

— Dis-leur que les filles aussi peuvent être courageuses. Ma soeur, en tout cas!

Il en fait la promesse solennelle, avant de retourner dans le film. Ouf!

Mon frère rit d'un oeil et

pleure de l'autre, soulagé. Il a hâte de voir si le dragon respectera ses engagements.

Nous nous assoyons sur le canapé. J'appuie sur «play» pour remettre le magnétoscope en marche.

C'étaient des promesses en l'air! J'aurais dû m'en douter. L'histoire se poursuit, comme si de rien n'était.

En résumé, Sansreproche se porte au secours de son père désarmé, blessé même. Au péril de sa vie, il se rue sur le méchant dragon.

Impressionnés par son courage, des chevaliers accourent en grand nombre. Incapable de leur faire face, la bête prend ses pattes à son cou.

Sentant la mort venir, Sans-

peur réclame son fils à son che-
vet. Il lui remet solennellement
son arme:

— Prends cette épée que j'ai reçue de mon père. Tu l'as bien méritée, ô mon fils, toi le plus courageux d'entre les plus courageux. Je pars tranquille, sachant que tu n'hésiteras pas à combattre le dragon si jamais il revient.

Et le chevalier meurt. Sans la moindre pensée pour sa fille! J'enrage!

— Tu as vu, Mimi?! Rien pour Sansdéfense! Il ne l'a même pas regardée.

— C'est juste un film, Méli. Ça n'a rien à voir avec la vraie vie! Tu l'as dit toi-même.

Je ne décolère pas en remettant les rideaux à leur place! J'aurais plutôt envie de grimper dedans. Mimi ne sait plus quoi faire pour me calmer.

Sous l'impulsion du moment, il me remet solennellement son arme en disant:

— Prends cette épée que papa m'a achetée, Méli. Tu l'as bien méritée, toi la plus courageuse d'entre les plus courageux...

Ma colère s'envole en fumée. Pas étonnant avec la douche de

tendresse que je viens de recevoir. Mon petit frère, quand il veut... En tout cas!

Je remarque alors qu'une odeur de pieds sales flotte toujours dans le salon. J'en découvre rapidement la source:

— Mimi, tes chaussures!

— Je ne me rappelle pas les avoir enlevées, Méli.

Il les remet en vitesse. Ensuite, il lève de grands yeux inquiets vers moi:

— Est-ce que je vais pouvoir t'emprunter mon... ton épée, parfois?

— Quand tu voudras, Mimi.

Il la reprend aussitôt. Puis, il me saute au cou et me donne un de ses célèbres becs mouillés.

Table des matières

Chapitre 1
Je ne sais pas quoi faire...
Je n'ai rien à faire... 7

Chapitre 2
Tes bebelles, et dans ta cour! 17

Chapitre 3
Les griffes de la télévision 27

Chapitre 4
Pouah! 35

Chapitre 5
Ma loi, c'est la loi! 43

Chapitre 6
Promesse de dragon 55

Achevé d'imprimer
sur les presses de Litho Acme inc.